LAST END

S.W.R.

文芸社

目次

LAST END

「死ななきゃよかった」

友情の真相　十代　少年

少年がゆっくりと目を開くと、そこは雪国のような白い世界だった。足の底も白かった。もしかすると透明な雪が白く見えるように、何色もない透明な世界なのかもしれない。

少年は不安な心地になってその場にしゃがみ、体操座りをした。そして膝を抱え込み、顔を埋めて自ら黒い世界を作った。

「次の人」

女の人の声がした。

頭の中に直接響く声で、少年のことを呼んだ。

しかし、少年は体操座りのまま、動かない。

「いつまでそうしているつもり？」

直接頭の中に響いてくるその声が、少し語気を強めたような気がした。ぼうっとしたまま顔を上げてみると、白いドレス姿の女の人が立っていた。年齢は四十歳くらいで、片手で大きな本を抱えている。百科事典のような大きな本で、厚さは五センチほどある。そして不意に現れたオーケストラの指揮者の譜面台のようなそれに、本を置いた。

真っ白な世界に、不可思議な現象。少年には計り知れないものが多すぎた。何とか絞り出した言葉は、自身の居場所を問うものだった。

「ここは、天国ですか？」

「あなたは自殺したので地獄へ行きます」

　女の人は平坦な声で、しかし少年を軽蔑したような眼差しで答えた。女の人にぶつけた疑問には答えられていない。そう思っていると、女の人は続ける。

「ここは、地獄ではないの。これからあなたを地獄へ連れて行きます。私はその案内人です」

　結局、ここがどこかは分からずじまいだけれど、きっと天国と地獄の分岐点なんだろう。女の人は案内人と言った。そうか、地獄へ連れて行かれるのか。

　少年がだんまりを決め込んでいると、案内人と名乗る女の人はさらに続けた。

「地獄に行く前に、ひとつだけ。願いがあれば叶えましょう」

「どんな願いでも？」

少年は即座に問うた。

「叶えられることでしたら」

自殺をしたくせに、おこがましいと思われただろうか。ううんと唸りをあげながら、少年は思案する。

少年が考え込んでいる間、暇を持て余した案内人は先ほどの本をひっくり返して裏表紙からめくる。最後の一ページ。

「いじめを苦に自殺」

少年の頭の中に、案内人の声で自殺の動機が呟(つぶや)かれた。少年は聞こえなかったふりをして、考えているように見せかけた。

「復讐とかダメよ、私にはそういった能力はないからね。つまずかせて転ばせるくらいならできるけど」

案内人は少年の境遇に同情したのだろうか。相変わらず機械的な声で、そう言った。だが、やはり自分の未練など分からなかった。死んでしまってから叶えたいことなんて……。

「誰か会いたい人はいないの？」
「会えるの？」
「様子を見るくらい。触ったり、声をかけたりすることはできないの」
「それなら、優弥くんに会いたい」

少年がそう答えるなり、案内人はもう一冊同じような本を出現させて最後のページを開くと、「では行きましょうか」と少年に手を差し出した。おそるおそる少年も手を前に伸ばせば、その手をきゅっと掴まれる。

「はぐれないように」

心なしか優しさを含んだ声で案内人は少年に注意し、ほどなくして二人は白い世界から消えていった。

次に少年の視界に入ったのは、ちょうど日が暮れ始めた空だった。河川の堤防に、自分はいるらしい。遠くには鉄橋が見えた。

ここは？　と少年が尋ねる間もなく前方から自転車に乗った高校生が猛スピードで向かってきた。

——危ない、ぶつかる！

少年は反射的に身体をこわばらせ、目を閉じた。しかし何の衝撃もなかった。咄嗟に振り返ると、自転車は変わらずすごい速さで走っていった。

――身体を通り抜けていったのだ。

少年と同様に振り返り、「……自転車乗りたいな」と呟く案内人を少年が呆然と見つめている。いつの間にか案内人は白いドレスから普通の四十代女性らしい服装になっていた。案内人は少年の視線に気がついたらしい。

「たまに見える人がいるのよ」

案内人は、服装が変わっている理由だけを説明して、本を開く。そして案内人は河川敷を指差した。つられてそちらに目線をやると、そこには少年が会いたいと願った優弥くんがいた。膝上くらいの高さまでぼうぼうに伸びた草の中、膝を立てて座り込んでいた。

中学二年生になってクラスが替わった時のことだった。少年は同級の三人組にいじめられるようになった。中学一年生の時にも彼らの悪評は耳にしていたが、クラス替えに伴っていじめの対象を少年に定めたらしかった。

それからの一学期は、少年にとって地獄のような日々が続いた。根も葉もないうわさを広められ、クラスメイトからは腫れ物に触れるような扱いを受けた。誰も見ていないところで、暴力を振るわれることも多々あった。教師は気づいていたのかいないのか、我関せずを貫いた。

時には金銭を要求されることもあり、じくりと痛む良心にふたをして父の財布から千円札を数枚取り出さなければならなかった。少年はひたすらに心を殺して、学校に通い続けた。

そんな日々に、転機が訪れた。それは二学期に入る頃だった。優弥くんが転校してきたのだ。彼は転校してきた翌日、少年に「友達にならない？」と突然声をかけてきた。少年は驚きつつも、孤独の日々に終わりを告げることができるという期待を抱いて「うん、いいよ」と即答した。

疑うことを知らない、というよりは希望にすがりたかった気持ちが強い。

そんな少年の気持ちを知ってか知らずか、優弥くんは少年にいつも優しく接していたし、そしていい友達になった。

彼と友達になって一緒に行動するようになってから、少しいじめられる回数が減った。だが、優弥くんは欠席や早退をすることが多かったために、彼がいない隙を見計らって例の三人組は変わらず少年に罵詈雑言（ばりぞうごん）を浴びせたり、殴ったりしたのだ。それは、優弥くんが現れる前よりもよっぽど強い打撃だった。それでも、優弥くんという心強い友達がいる。その事実が少年の気持ちを支えていた。

そんなある日、少年は優弥くんを家に招待した。自分の部屋へと案内し、ジュースを持って部屋に戻ると、優弥くんは少年のビデオカメラを手に取り眺めていた。

「これ、少しの間、借してくれない？」

優弥くんはビデオカメラが物珍しかったのか、少年にそう問いかけた。唯一の友達から、そして心の拠りどころである彼からの頼みだ。少年は喜んで承諾し、使い方を説明した。

「電源ボタンはここで……」

優弥くんは少年の説明をふむふむと聞くと、早速それを使いたがった。彼は録画ボタンを押すと少年の姿を収めた。

「僕を撮るの？」

「そうだよ」

「僕も優弥くんのことを撮りたいな」

「うん」

「じゃあ庭で撮ろうよ」

そんな会話をして、ビデオカメラを持ったまま、庭に出た。少年の家の庭にバスケットボールのゴールがあることが分かると、優弥くんは「やろうよ」と誘った。それから二人は他愛ない会話をしながら、日が暮れるまでバスケットボールやキャッチボールをして過ごした。今まで、こんなふうに遊ぶ相手もいなかった少年にとって、とても楽しいことだった。

少年は、優弥くんと楽しくその日を過ごしたことをよく覚えている。

あの時は楽しかったのに。

やっぱり、死ぬなんて、しちゃいけないことだったんだ。

思い返せば思い返すほど、少年の頭にそればかりが浮かぶのだった。

座り込んでいる優弥くんを見つめながら、少年は彼との思い出を反芻（はんすう）する。しばらくそうして彼を眺めていると、堤防と河川敷をつなぐ人工的に作られた坂を降りていく二つの影が見えた。それは、少年の両親だった。少年のお父さんは、花束を持って優弥くんに近づいて行き、草むらに隠れた彼を見つけ出した。「優弥くん？」そう声をかけるのが、聞こえた。

「えっ？　何でお父さんは優弥くんのことを知ってるの？」

少年は、学校生活のことを家族には伝えていなかった。語るには辛すぎる日々であったし、自分のした後ろ暗い行いがバレてしまうのではないかという恐れもあった。なのに何故、お父さんが彼のことを知っているのであろう。その答えを求めるように少年は案内人を見つめた。

「優弥くんのお母さんは重い病気で、あなたのお父さんが勤めている病院に入院していて、そこで二人は知り合っている」と本を見ながら教えてくれた。

「あなたのお父さんが優弥くんに『友達になってやってくれないか?』とお願いしていたのよ」

少年は戸惑いを隠せなかった。あの時、友達になろうと声をかけてくれたのは、お父さんがそうするように仕向けていたからだったなんて……。

あの日、少年は朝からくだんの三人組からいじめを受けていた。優弥くんは、その日も遅刻してきたからだった。早く優弥くんが来ないかと待ち望んでいたのに。

遅刻してきた優弥くんは、無言で少年の横を通り過ぎていった。

それだけ、余裕がなかったのだろう。

生きている時は全く気づきもしなかったが。

いじめをしている三人組はそれを見逃さなかった。

その後、先生に呼び出された優弥くんは早退していった。

この時、少しでも変に思えば、もしかしたら生きていたかもしれない。

でも、この時は知る術（すべ）がなかった。だから、どうしようもない部分もあったのだ。

そして少年は学校の帰り道で、またいじめられる。

どうして僕ばかり。なんで？　そんな絶望感を覚え、少年はとぼとぼと歩いていた。

家へと帰る途中だった。悪かったのは、その道のせいだったのか、少年が無意識のうちにそういう道を選んでいたのか。

少年の目の前には、いつも渡っている鉄橋があった。

いつもなら、何も考えずにただ渡るだけだった。

でも、その時ばかりは違ったのだ。

その鉄橋の下をふと見た時、少年の頭の中に普段とは異なる思いがよぎった。

この鉄橋から飛び降りれば楽になるぞ。そんな悪魔のささやきと、苦しくてもなんでも、生きていかなければならないという至極当然（しごくとうぜん）な気持ちが少年の心にあった。

どうしたらいいのか分からない。そう思いながらも、死を意識し始めていた。

これからも苦痛を味わい続けるのなら、死んだ方がマシだ。

……そう、思ってしまった。

少年は鉄橋から川を覗き見る。

何も映さない。暗い色が広がった川。そして、底が見えない。きっと、落ちたら助からないような川だろう。

川遊びもできないような川だ。助かることなんて、ほぼない。

これで、もう楽になれる。

その瞬間、少年は死を選んでいた。


少年はその日、鉄橋から川へと飛び降りた。


「あなたはあの時、優弥くんのことをどう思ったの？」案内人は聞いた。

少年は少し俯（うつむ）きながら、ぼそりと小さな声で答える。

「見捨てられたと思った」

そうだ。もし、見捨てられたのではないと知っていれば、今頃こんなふうに、死んでいない。きっと生きて、今も笑っていたかもしれない。

どうして、どうしてそんな簡単なことに気づかなかったのだろう。

なんで、優弥くんの都合や考えていることを、全く考えられなかったんだろう。

後悔先に立たずと言うけれど、それは本当だなと少年は激しい後悔の念に襲われた。

心に余裕さえあれば、違う結果になっていただろうに……。

「優弥くん、あなたのお葬式の後、泣いて謝っていたわよ。あの時『頑張れ』って言えなかったって」

その言葉を聞いた少年の視界は急に鮮明になった。

声を上げて泣きたい気持ちだった。優弥くんに謝って、また隣に並んで生きたい。

でも、もうそれも叶わない。


少年は、もはや涙は出ないものの、それでも泣いた。

「優弥くん、ごめん。……僕は、なんて弱いんだ」


頑張れなかった。それが、こんなにも悲しいなんて。

死んでから、こんなに泣くことになるなんて思いもしなかった。

でも、それはもう現実世界に反映されることはない。

それに、今さら泣いたところでもう手遅れということは少年が誰よりもよく分かっていた。


「なんだか辛そうね」と案内人が少年の背中に手で触れると、少年の目から涙がどんどんと溢れ出していく。

視界は滲み、歪んでいく。

落ちていく涙は、地上に落ちる寸前で消えてしまう。

そこにいるということの証拠など残りはしない。

これが、この世を去った者の当たり前の光景だと思うと、本当に後悔しかなかった。

ああ、諦めず生きていればよかったと、少年は心底思う。

それでも決して目を逸らさなかった。潤んだ目を擦りながら優弥くんをまじまじと見つめる。すると、彼のまわりに三つのうごめくく影があった。例のいじめの三人組だった。彼らはゆっくりと立ち上がり、坂を登ってゆく。その顔はところどころ腫れていたり、青くなっていた。

……優弥くんは、闘ったんだ。

彼らは、少年の両親の隣を無言で通り過ぎていった。お父さんの花束を持つ手が、怒りに震えているのが遠くからでもよく見えた。

立ち上がった優弥くんも、よく見るとボロボロだ。優弥くんは口元についた血の跡を拭うと、少年の両親の方へ歩いてゆく。

「これ、借りてたビデオカメラです」

優弥くんは、少年が教えた通りに電源ボタンを押し、二人で遊んだ日の様子を再生して見せた。両親が、泣いている。少年と優弥くんが二人、本当に楽しそうに遊んでいるのを見て、泣いている。

「入院している母に、見せたかったんです」

優弥くんがビデオカメラで少年との記録を残した理由が、やっと理解できた。優弥くんにも、優弥くんなりの地獄があったのかもしれない。少年は、そう思った。ぷつり、と映像が切れて画面が暗くなった後、それでも優弥くんはビデオカメラの電源を落とさなかった。

「おい優弥、アイツはお前のせいで死んだんだ。アイツ、金も持ってくるし捌け口にもなるし、お前さえいなけりゃ全て完璧だったのによ。台無しにしてくれやがって！」

「人のせいにするなよ！　お前らがいじめをしていたのを、正当化するなよ！」

「うるせえ！」

流れてきた音声は、優弥くんと三人組が殴り合いの喧嘩をする直前のものだったようだ。優弥くんは、少年の両親にそれを差し出した。

「これは、あいつらがいじめをしていた証拠になります」

両親は、優弥くんの手からビデオカメラを受け取り、「息子のために闘ってくれてありがとう」と涙した。

「そろそろ行きましょうか」

案内人が、もう充分だろうと少年に語りかける。知らないままでなくて、よかった。優弥くんのことを恨まずにいられて、よかった。

少年はこくりと頷いて、再び案内人から差し出された手をとる。今度はきっと、案内人の言う地獄へ連れて行かれるのだ。けれど決して、少年は絶望しない。優弥くんがいる。少年の死の理由を理解してくれる人がいる。悲しみ悼んでくれる人がいる。

最後にもう一度だけ、優弥くんと両親の顔をじっくりと見た。そして少年と案内人は夜空の黒い世界に消えていく。

「ねえ、あれ……」

少年のお母さんは、花束を持つ少年のお父さんの袖をツンツンと引っ張った。それに気づいた少年のお父さんは隣のお母さんを見ると、お母さんは夜空を見ていた。同じように夜空を見た。二人に気づいた優弥くんも、夜空を見る。

三人は、美しい夜空へ消えて行く少年の後ろ姿を、ずっとずっと見ていた。

最後のメッセージ　二十代　女性

真っ白な世界の中、二十代の女性が顔を両手で覆って泣いている。その実、涙は出ていないのだが、悲しみに包まれた表情をしている。

「次の人」

女性を呼ぶ声がする。女性はゆっくり顔をあげて自身を呼んだ者の姿を確認すると、再び悲愴な面持ちで視線を足下へ落とした。

案内人はいつものように、七センチほどの厚みのある本の裏表紙を上にして、台に置く。そして、いつもと同じように最後のページを開く。

「これから、あなたを地獄へ連れて行きます。その前に一つだけ願い事があれば、叶えて差し上げます」

案内人の言葉に、やはり女性は何も返さない。ただただ下を向いている。案内人はそんな彼女に構わず説明を続けた。

「申し遅れました。私は、あなたを地獄へと連れて行く案内人です」

女性はそんなことなどお構いなしに、悲しみに暮れたままでいる。案内人は慣れた手つきで、本を後ろからめくっていく。女性の過去を遡（さかのぼ）るように……。

女性は何故だか胸の内を見られているような気がして、胸に手を当てて、ぎゅっと手を握っていた。

しばらくの間があり、案内人は再び口を開く。

「余計なお世話かもしれませんが、彼の本当の気持ちを確認しに行きますか?」

案内人に全てを知られていることを悟った女性は、観念するかのように頷いた。やはり、何も言わぬままであったが。

「では行きましょうか」

案内人は女性に手を差し出す。女性がおそるおそるそこに手を重ねると、二人は白い世界から瞬く間に消えて行く。

仕事終わりの満員電車の中、女性は携帯電話を眺めていた。ぎゅうぎゅう詰めになった電車の中でできることと言えば、手のひらの上の端末をいじるくらいしかない。

そんな退屈しのぎをしていた彼女の前に、人の波に流されて、見知った男性が現れた。女性は携帯電話をカバンにしまい、その男性に声をかける。

「こんにちは、貴明さん」

貴明と呼ばれた男性は明るい声で返事をする。

「こんにちは。いや、毎度のことながらこの満員電車には参るね。これから、料理教室？」

「そうです」

二人は顔を見合わせて、にこにこと微笑んでいる。

「もしかして」

貴明がそう言うと、女性はふわりと微笑む。

「麻婆豆腐」

と二人の声が重なる。授業中にこそこそ話をするように、周りになるべく聞こえないように小さな声で、会話を交わす。これだけの人のいる空間だ、誰が聞いているか分からない。内緒話に浮かれているのと、二人の言葉が重なったことで、思わずくすくすと笑った。

女性は視線をきょろきょろと動かし、周りの様子を窺う。私たちのこの親密な様子を、誰かに見られていないだろうか。


「今日は同僚の方は？」

いつもだったら同僚が一緒のはずだと、不思議そうにしていた。

「少し遅れて来ます」

「そうなんですか。この間、美味しそうな料理を出す店を見つけたんですけど、二人で行きませんか？」

「はい」

女性は嬉しそうに答えた。まだ彼との密談を続けられると思うと、満員電車もそう悪くはない。さらに人が乗り込んできたのを良いことに、女性と貴明は近づいた。

「そうだ、プライベート用の携帯電話をなくしちゃってね、それでもう一度メールの交換をお願いしたいんだけど」

と、貴明はスーツのポケットから仕事用の携帯電話を取り出した。

「はい」

と、女性がカバンから携帯電話を取り出そうとした時、床に落としてしまった。不運なことに、パリンと音がした。

女性も、貴明もハッとした。

貴明は、その携帯電話を踏んでしまったのだ。

貴明は両手を扉につけて、腕を伸ばして女性がしゃがめるスペースを作った。

「今のうちに拾ってください」

「ありがとうございます」

不安定な足場の中、何とか拾った携帯電話の画面は粉々にひび割れてしまっていた。女性はペリ、とガラスの保護フィルムをはがすと「あ、割れたのは保護ガラスだけみたい」と呟く。そして他に異常がないかひとしきり確かめた後、貴明に向き直る。ほっとした笑顔を見せる女性に、貴明もほっとした表情を見せた。

料理教室の最寄りの駅に着くと、二人は改札口を抜けて料理教室へと向かった。

女性が貴明と出会ったのは、満員電車でのこのやりとりから二ヶ月ほど前のことだった。女性は会社の同僚に誘われて料理教室に行き、そこに通っていた貴明に出会った。

パリッとシャツを着こなした爽やかな少し年上の男性が、自分をエスコートして、まるでお姫様のように扱ってくれることにうっとりした。それに彼は顔立ちも整っているし、頭も良いから会話のテンポも良く、女性を楽しませることが得意だった。時には女性の話に相槌を打って聞き、時にはその広範な知識から女性の知らないであろうことを教えてくれる。そしてエプロン姿が可愛かった。

そんな彼に、女性はあっという間に心を奪われた。順調にデートを重ね、彼から「僕と付き合ってください」と言われた時は、即座に頷いた。だが天にも昇る気持ちでいた彼女の心を曇らせる一言も、加えて。

「隠していてごめんなさい。実は僕は、既婚者なんです。でも誤解しないでください。僕は妻と別れるつもりなんです。……実はずっと不仲で、そんな中、君と出会って世界が色づいたんだ」

既婚者。当然周りの友人は反対したが、女性は聞かなかった。だって当の彼が「別れるつもりで準備している」と言っているのだから。やれやれと言わんばかりに友人たちは彼女を恋愛話から遠ざけたが、そんなことは瑣末なことだった。

——貴明さんと結婚できたら。

君ともっと早く出会えていれば、と口にした貴明の言葉から、それを想像するのは致し方なかった。今の奥さんは貴明さんを満足させられていない、自分の方が相応しいに決まっている。そう思い込んだ女性は、不安などはどこかに忘れて貴明との逢瀬を楽しんでいた。

「お待たせしました」
「いいえ、とんでもない」

その日の貴明はグレーのセットアップを着こなし、彼女の前に現れた。今日もまた一段とかっこいい。そう思いながら、彼の差し出す手を取った女性は、自分のペースで歩き出す。

まず入ったのは、お目当ての携帯ショップだった。最近は色々と種類が豊富で、どれにするのが良いか決めかねていると、いつものように貴明はショップ店員顔負けの知識を披露した。

女性は言われるがまま、彼の言う通りリスト型のスマートウォッチを購入してもらった。お揃いの黒色のバンドを手首に巻き、腕を並べてみる。二人だけの秘密。これがあれば奥さんにバレることなく、もっとスムーズにやりとりを続けられるだろう。

「でも良かったんですか？　こんなに高価なものを買ってもらってしまって……」

「これならもう落とすことはないね、お互いに」

ぱちりとウインクをする貴明に、ほうと見惚れる。やっぱり彼はスマートだ。なくしたなんていうのも、本当はただの口実で、遠慮をさせないための気遣いなのかもしれない。

そして、時は訪れる。

出会いがあれば別れがある。それは必然と言ってしまえば、必然なのだろう。交際は半年ほどで終わった。最寄駅で、貴明の奥さんが女性の前に突然現れて「主人と別れてほしい」と言った。

「あんたがやってることは不倫なの。分かってる?」

「でも、貴明さんは奥さんと別れるつもりと聞いていたので……」

女性が反論すると、彼の妻は激昂(げきこう)した。女性は、何を言われたのか詳しくは覚えていない。だが、ひたすらに「貴明は私から離れるわけない」とか「お前みたいな小娘に本気になるわけない」とか「消えろ」とか、暴言を浴びせられたことだけ覚えている。

そして彼の妻を名乗る女は、ひとしきり罵声(ばせい)を浴びせた後、フンと鼻息荒く、貴明が帰る方向の電車に向かった。ぽかん、とするしかできなかった。周囲に立つ人間のヒソヒソ声の中から「不倫……?」という言葉が聞こえてきたのをきっかけに、女性は逃げるようにして家に帰った。

女性は家に帰り冷静になると、途端に恐怖が襲ってきた。何故貴明の妻は自分の最寄駅を知っていたのだろう。自分の素性が明らかになっているかもしれないことが、怖かった。けれど、それを貴明に伝えることはなかった。

「不倫」という言葉が重くのしかかった。もしも貴明が女性にかけた言葉が嘘だったとしたら、それは女性にとってかなり不利な結末になる。きっと払い切れないような慰謝料というやつを請求されて、裁判を起こされて……。貴明が女性の味方になる、と信じるには、彼の言葉は不十分だった。

それから女性は貴明と会うたびに、妻との関係性についてそれとなく聞くようになった。貴明は「離婚の準備をしているが、妻が納得しない」の一点張りであった。本当だろうか、と疑う気持ちを否定してくれるような証拠などなかった。

貴明と会うのをやめない女性に、今度はあらゆるＳＮＳの知らないアカウントから中傷の言葉が届くようになった。女性は直感的に、これはきっと彼の妻からだと気がついた。しかし、やはり貴明に相談することは憚（はばか）られた。

決定打となったのは、彼と二人で買ったお揃いのリスト型スマートウォッチの、貴明とのやり取りの隙間に「死ね」という言葉が入ったことだった。女性はこれ以上耐えられなかった。信じられなくて、ごめんなさい。

女性は、自ら命を絶った。

案内人と女性は、貴明の単身赴任先のアパートへ現れた。奥さんがいない日を狙って、二人で過ごした大切な場所だった。

部屋には二人でホームセンターへ行って選んだテーブルと二脚の椅子がある。そこでよく食事をして、語りあって、映画を観たりした。

その場所で、貴明と彼の妻が向かい合わせに座っていた。女性は再び泣きそうになりながら、その場面を見守った。そして一つ気がついた。テーブルの上には離婚届が置いてある。

――離婚届の、貴明の記入すべきところは全て埋まっていた。

女性は悔いた。彼の言葉は本当だったのだ。何故信じることができなかったのか。それもこれも全て、貴明の目の前に座っている女のせいだ。女性はキッと彼の妻を睨みつけた。

沈黙が続いていると、貴明の携帯電話にメールが届いた。

女性の同僚から、女性が自殺を図って亡くなった、と知らされた。

「何でだよ……」

貴明はしばし呆然とする。女性が亡くなったことを受け入れられなかった。

今も、手を伸ばせばすぐ側にいてくれているような気がする。いつものあの笑顔で、今もどこかで生きているんじゃないか。そんなふうに思った。だが、メールはやはり本当に届いたものだったし、この女性の同僚が嘘をついているとも思えない。

やがて、複数の糸が一本の糸へと変わり、それは現実だと受け入れる。

貴明が落胆していると、何もない隣の和室からピリリ、と音が鳴った。貴明の妻の鞄のようだった。彼女は慌てて椅子から立ち上がり、和室へ小走りで向かった。その様子に違和感を覚えたのであろう、貴明が妻を押し退けて、妻の鞄の中身を探った。その中には貴明が「なくした」と言っていたはずの携帯電話があった。


「お前……」

「電源切ってあったのに……」

呟（つぶや）く妻を横目に貴明はメールの履歴を見た。


「別れて」

「早く別れて」

「死ね」

郵便はがき

差出有効期間
2025年3月
31日まで
(切手不要)

160-8791

141

東京都新宿区新宿1－10－1
(株)文芸社
愛読者カード係 行

ふりがな お名前		明治 大正 昭和 平成 年生 歳
ふりがな ご住所	□□□-□□□□	性別 男・女
お電話 番号	(書籍ご注文の際に必要です) ご職業	
E-mail		

ご購読雑誌(複数可)	ご購読新聞 新聞

最近読んでおもしろかった本や今後、とりあげてほしいテーマをお教えください。

ご自分の研究成果や経験、お考え等を出版してみたいというお気持ちはありますか。

ある　　ない　　内容・テーマ(　　　　　　　　)

現在完成した作品をお持ちですか。

ある　　ない　　ジャンル・原稿量(　　　　　　　　)

書　名			
お買上 書　店	都道　　　　市区 府県　　　　郡	書店名	書店
		ご購入日	年　　月　　日

本書をどこでお知りになりましたか?

1.書店店頭　2.知人にすすめられて　3.インターネット(サイト名　　　　　　)

4.DMハガキ　5.広告、記事を見て(新聞、雑誌名　　　　　　)

上の質問に関連して、ご購入の決め手となったのは?

1.タイトル　2.著者　3.内容　4.カバーデザイン　5.帯

その他ご自由にお書きください。

(　　　　　　)

本書についてのご意見、ご感想をお聞かせください。

①内容について

②カバー、タイトル、帯について

弊社Webサイトからもご意見、ご感想をお寄せいただけます。

ご協力ありがとうございました。

※お寄せいただいたご意見、ご感想は新聞広告等で匿名にて使わせていただくことがあります。

※お客様の個人情報は、小社からの連絡のみに使用します。社外に提供することは一切ありません。

「消えろ」

貴明は携帯電話を投げ捨てた。怒りに打ちふるえた彼は、戸惑うことなく妻の首を両手でつかみ、床に抑えつけた。

「お前のせいで彼女が死んだんだ！　ふざけるな！」

「う……っ、あ……」

女性の目の前で、殺人が行われようとしていた。貴明が女性に本気だったことは確認できた。けれど、彼にこんなことをしてほしくはない。

「お願い、やめさせて」

と、側で見ていた女性は泣きながら案内人にすがりついて懇願（こんがん）した。

案内人は、それが最後の願いかと思いながら女性を見る。

「早く！　奥さんが死んじゃう！　貴明さんが、罪を背負うことになっちゃう！」

「…………」

貴明のリスト型スマートウォッチが振動した。画面には「やめて」と文字が入力されている。

貴明の頭の中に、瞬時に女性との出会いや会話をした時のこと、笑顔が浮かんだ。

貴明は妻の首から手を離し、リスト型スマートウォッチを握り締め、泣き叫んだ。

妻はその間に貴明の前から逃げ、どこかへと走り去っていく。


「行きましょう」

案内人は、はらはらと涙する女性の手を取り、誰に知られることもなく、二人はその場から消えていった。

救われた思い出の写真　三十代　女性

女性は、自らの左手首を右手で押さえて、白い世界に立っていた。

「次の人」

突然頭の中に響いた、自らの思考とは異なる声に驚き、考え事を中断させられた。

「何⁉　いったい何なの！」

今まで体験したことのない現象に女性はおののき、あたりを見回す。それまで真っ白で何もない世界と思っていたが、少し見上げたところに白いドレス姿の女の人が立っている。話しかけてきたのは彼女だろうか。その人は、大きな本を持っていた。その辺で売っている単行本やハードカバーなんかよりももっと大きい。縦の長さは四十センチ、横三十センチ、厚みは十センチほどに見える。

その本を、白いドレスを着た女は裏表紙を上にして台の上に置いた。女性はまたも驚いた。

——普通は、表を上にするんじゃないの?

すると再び声がする。

「私は案内人です。あなたをこれから地獄へ連れて行きます」

女性は案内人と名乗る人間の言葉に頷(うなず)いた。

「地獄へ行く前に、何か望みがあれば一つだけ叶えますよ」

「……なら、この傷を治せる？」

女性は右手で覆(おお)っていた左手首をさらす。そこには無数の切り傷があった。女性はこれを治せるのなら、そうしたいと思った。

案内人には簡単すぎる望みであったらしく、驚いたように答えた。

「あら、そんなことでいいの？」

案内人はそう言うと、先ほどの本をめくり始めた。そしてすぐに、また言葉を発した。

「結婚詐欺にあって自殺」

女性は案内人を睨みつけた。あれだけ苦悩して絶望してここに立っているのに、そんな一言で片付けられるなんて、と苛立った。しかし女性の鋭い視線に動じることもなく、案内人は女性に尋ねた。

「誰か会いたい人はいる？」

その言葉に、女性はハッとした表情を浮かべる。

会いたい人はいるにはいる。いるけれど、でも、自殺したなんて、言えるだろうか。

いや、でも、それ以上に謝りたい。

そう思った女性は言い難そうに口ごもり、ゆっくりと唇を動かす。

「……お母さんに会いたい。会って、謝りたい」

女性はそう言った。しかし、案内人は冷たく言い放つ。

「残念ながら、亡くなった人には会えないわ」

女性の控えめな希望は、あっけなく打ち砕かれた。しかしもう一人、女性がどうしても会いたいと思っている人がいた。またしばらく考え込んだ後、女性は言った。

「なら、お父さんに会える？」

「ええ。ただ、会うといってても見るだけで、声をかけたり触れることはできないけれど」

女性はその言葉に納得した。ならば、願いは父に会うことにしよう。案内人が本を閉じ、女性に手を差し伸べる。女性が傷のなくなった左手でその手を取ると、二人は白い世界から、消えた。

「……せっかくの休みなのに」

と、助手席に座っている女性の彼氏がぼそっと呟いた。

「ごめんね、最後にあと一箇所だけ付き合って」

と謝った。

二人は、休みの日にクルマであちこちを回っているようだった。

それは女性の強い願いによるもので、彼氏はそれに無理やり付き合わされていた。

「カーナビだとこの辺ね」

女性は、レンタカーをコインパーキングに止めた。二人は車から降りて、メモを片手に歩き出した。


女性の母親は、一年前に亡くなった。流行り病をこじらせた、唐突な出来事であった。女性は、母親が亡くなるまで、幼い頃からずっと二人で生活してきた。

「お母さん、なんでうちにはお父さんがいないの？」
「あのね、お父さんはあなたが生まれる前に、死んでしまったの」

周りの家庭では当たり前に父親がいると知った頃、女性は母親に尋ねた。そして返ってきたのは「死んだ」という言葉だった。母親は一生懸命に説明してくれた。人が死んでしまったら、もう二度とその人とは会えないこと。だから、女性が父親の顔を見ることはできない、と。

そうして母親は働きながら一人で女性を育て上げ、女性が定職につくようになってからは、逆に女性が母親を支えて生活していたのだ。そんな中、パンデミックが起こり、母親はそれに罹患(りかん)してしまい、みるみる衰弱した。病院に入院してからも容態は悪くなる一方で、結局肺炎で亡くなってしまった。

そんな時、出会ったのが彼だった。道端で声をかけてきたので怪しいナンパかと思ってあしらおうとしたのだが、どうにも困っている様子だったので話を聞くと、家が全焼して一文なしになった、と女性の家の目の前を指差したのだ。そこには確かに消火活動が行われた跡があった。
まあ端的に言えば魔がさしたのだ。女性は一人寂しい家にその男を招き入れ、気がつけば交際する仲になっていた。弱みにつけこまれたのだ。
そして二人暮らしを始めて、だんだんと気持ちが持ち直してきた頃、叔母から連絡が入った。彼女が言うには「父親は生きている」そうなのだ。詳しい状況は全く分からないそうだったが、ほんのわずかな手がかりを希望に、女性はもう一人の親である父を捜すことを決めたのだ。

「ここね」

メモと住所を照らし合わせる。アパート名も番地も間違いない。今度こそ、お父さんに会えるかもしれない。そう意気込んで、きぃ、と敷地の入り口の門扉を開けて、郵便受けの名前を確認する。

「なんだ、女の名前じゃねえか」
「ここも違ったかぁ……」
「案外、女のところに転がり込んでたりしてな」
「あなたじゃないんだから」

父を捜し始めてから、もう何軒も回った。だが、いっこうにその足取りが掴めない。隣でからから笑っているこの男のように、本当に誰かの家に住み着いている可能性も、なくはない。

「もう行こうぜ」

そこにちょうど住人が帰ってきた。結構なお年を召した女性だった。もしかしたら、このあたりの事情に詳しいかもしれない。女性は不審視されるのを自覚した上で、その人に声をかけた。

「あの、私は今、父を捜していて……」

女性は必死に事情を説明した。だが、返ってきた答えは期待ハズレだった。

「ごめんなさいねぇ。私も最近引っ越してきたばかりで、分からないのよ」

あからさまに落ち込む女性の肩を彼氏がトントンと叩いて、一緒に頭を下げ、見送る。深くため息をつき、彼氏の言う通り、車へと戻ることにした。

「あーあ、お父さんに会いたかったなあ」

「そんなに会いたいもんか？　生まれた時からいないんだろ？」

彼氏は、女性の言葉を心底理解できないといったふうに尋ねる。女性はむっとして、言い返す。

「子どもの頃からお父さんって存在は憧れだったのよ。もちろん、お母さんが一人で頑張っている姿もかっこよかったけれど」

女性は、自身の運動会や卒業式などあらゆる節目の思い出は母親とだけ。他のみんなは両親と写真を撮っている。ないものねだりなのかもしれないが、うらやましかったのだ。

「それに、少しでも借金を返す手伝いをしたかったのにな」

「借金？」

彼氏は、聞き捨てならないと言わんばかりに問い返した。

「あれ、言わなかったっけ。お父さんは、友達と共同事業を始めたんだけど、上手くいかなくて、多額の借金を背負うことになっちゃったんだって。その友達が怖いところからも借金して逃げちゃったらしいの。それで、お父さんは私たち家族を守るために協議離婚したんだって」

「…………」

「お母さん、何にも教えてくれなかった」

「…………」

「あとどのくらい借金があるのかは分からないけれど、会いたいの。お母さんが亡くなったことも知らせたいし……。それに、お父さんは私たちを守るために身を引いたんだから」

「…………」

「借金のこと、不安だよね。……でも大丈夫！　お母さんが亡くなった後、保険金が出たの。お母さんも、最後まで私のことを考えてくれてたから……。だから、そのお金を使って、借金の返済に充ててもらうつもり」

女性の彼氏は何も言わなかった。彼女の父親が借金を背負っていたことに衝撃を受けたのだろう。無理もない、逆の立場なら、自分も言葉をかけられなかったかもしれない。

「結婚式、お父さんにも出てもらいたいな」

と女性は隣を歩く彼氏の顔を見たが、相変わらず無言だった。そして、無表情だった。

何を考えているのか分からないのは最初からだし、まあ、こんなものかな、と軽く思っていた。

でも、それはそんなに軽く考えない方がいいということを、彼女は身をもって知るのだった。

それから数日後、彼氏は消えた。それも、女性の全財産と一緒に。女性は懸命に捜したが見つからなかった。名前も年齢も出身地も嘘だった。足のサイズ以外全部が嘘だった。

最初から、彼氏は彼女の財産が目当てだったのだ。

いつも身ぎれいにしていて、自分から進んで支払いをするような女性だったから、たんまりとお金があると思ったのだろう。

でも、実際のところはそうではなかった。

結婚したらさぞ気分のいい生活を送れると思っていた彼氏は、全て騙されていたと憤(いきどお)ったが、それは男の浅ましい身勝手な態度だった。

そして男は、さっさと彼女の財産を奪って逃げたのだ。

もう、どこにも彼氏はいない。私に会おうなんて、もう思わない。ううん。それだけじゃない。私は、騙されていたんだ。ずっと、恋人だと思っていたのに……。

思い詰めた女性は、しばらくの間家で生活していたが、以前のような活気ある生活ではなく、言葉通り死んだような生活をしていた。

それから、どうしようもなく悲観的になったり、突如として襲ってくる彼氏との甘い思い出にふけったり、そして最後に嘘だらけだったと理解したことがないまぜになって彼女の脳内を襲った。

泣いて、笑って、泣いて、笑ってを一日の間に何度も繰り返し、気がつけば風呂に水を溜め、左手首を何度もカッターで深く切りつけて、冷たい水の底へ腕を沈めた。手首を切って自殺したのだった。

救われた思い出の写真　三十代　女性

女性と案内人が現れたのは、とあるアパートの二階の角部屋だった。そこに、女性の父親が住んでいた。布団のない炬燵（こたつ）に酒瓶を何本も置いて、突っ伏すように眠っている。

炬燵（こたつ）の上には、見覚えのある写真がたくさん飾られていた。それは女性の写真だった。幼稚園の入学式と卒業式の写真。ランドセル姿の写真。運動会で走っている写真。中学生になって反抗期でむすっと膨れた顔の写真。大学合格を喜んでいる姿の写真。全部全部、母が撮ってくれた写真だ。

「あなたのお母さんは、定期的にお父さんに写真を送っていたのよ」

言われずとも何となく察していたことを、案内人が解説する。

「そして、あなたのお父さんもあなたを捜してた」

「え？」

「あそこに興信所の封筒があるでしょう」

案内人の指先を見ると、確かに封筒があった。

「多額の借金の返済も終わって、あなたに連絡を取ろうとしたのね。興信所に頼んで、あなたを捜した」

「…………」

「だけど、当のあなたは自殺したと連絡された」

女性は目の前が真っ暗になるような心地だった。そんな、あの時諦めてしまわなければ、もうすぐ父と会えていたのか。

「う……っ、ううっ、ごめんなさい、お父さん……っ、ごめんなさい……！」

女性のしゃくりあげる声に呼応するかのように、父親の瞑（つぶ）られた目からも涙が溢（こぼ）れる。

「そろそろ行きましょう」

女性は泣きながら頷いた。そして二人は消えていった。

……かのように思われた。

「ちょっと待って」

と、二人はまた現れた。

「隣の住人の部屋が火事よ」

「お父さん、起きて！　お願い！　起きて！　火事なの！　ねぇ！　……案内人さん！　お願い、なんとかして！」

父親は眠ったままだ。

「そう言われても……」

案内人も今回ばかりはと少し困り顔だった。

そして案内人は外の方に目を向けた。

「私ができるのは、これくらいだけれど……」

アパートの前で、若い男性と若い女性がすれ違いそうになった時、その二人は同時につまずいて転んだ。二人は少し恥ずかしそうに顔を見合わせた。

「あれ、火事じゃないですか？」

つまずいた二人は火事に気がついたのだ。若い男性は背負っていたリュックを降ろすと、中からタオルを取り出して、アパートの中に飛び込もうとしていた。だがその前に、若い女性に１１９番をお願いしようと振り返ったが、その女性はすでに電話をしていた。

若い男性は若い女性の心配そうな顔を見て「自分は消防士です」と大きな声で言うとタオルを口に当ててアパートの中に入って行った。

自分の責務をまっとうする。そう思い、若い男性は炎に立ち向かって行く。

若い女性は自動販売機を見つけて駆け寄った。自動販売機には設置場所の住所が書いてあるのを知っていたからだ。
若い女性はその住所を見ながら消防と警察に連絡を入れたのだった。あくまでも冷静にと、自分の暴れる心臓を押さえつけながら電話していた。

若い男性が「誰かいますか?」と勢いよく入ってきた。

「火事です! 早く外へ!」

女性の父親は、突然の大声に驚いて起きる。若い男性はためらうことなくドアを開け、早く逃げるよう女性の父親の手を引いた。うまく歩けないかもしれないと、背負う準備をしたところで、女性の父親が抵抗した。炬燵(こたつ)の上の写真に手を伸ばしたのだ。
若い男性は意図を汲み取り、それらを手早く集めて、女性の父親に渡し、外へ出た。男性のおかげか、他の住民もみな無事のようだった。

「もういいですね？　行きましょう」

案内人の言葉に、女性は今度こそ頷いた。

涙を流さず泣いている女性を見て、案内人は女性の背中にそっと触れた。

女性は案内人の手を取る。はらはらと涙を流しながら。

彼女の愛した学校　四十代　女性

「誕生日を祝しまして、乾杯！」

小さな居酒屋の中、同僚である学校の先生たちが、女性に向かってグラスを掲げる。女性は少しはにかみながら、同じくグラスを上げた。

「やめてよね、もう。……でもありがとう」

女性がビールを一口飲んで、そう言うと、同僚たちはみな反発する。

「何言ってるんですか、いつまでたっても大事ですよ、誕生日」

そう言ったのは、一年生担任の小林先生だ。彼が「これ」と可愛らしいピンクの包み紙を差し出すと、他の同僚たちもみな「私からも！」「俺も」とそれぞれ色とりどりのラッピングをされたプレゼントをくれる。

予想外のサプライズに驚きながらも、女性は喜んでそれらを受け取った。開けていいかと一言ことわってから中を見ると、女性が好きなものばかりだった。素敵な同僚に恵まれて幸せだと、ビールが進む。

それから、日頃の生徒たちの可愛いエピソード大会や事務仕事の愚痴大会などで大いに盛り上がり、あっという間に時間は過ぎて一次会を終えた。

「じゃあみなさん、また月曜日！」

「じゃあね〜！　また学校で！」

女性はみんなに手を振って、エコバッグに入れたみんなからのプレゼントを再度眺めた。いい同僚たちだ。さて、と女性も帰路につこうとしたところだった。

「まだもう少し飲みせんか?」

追いかけて声をかけてきたのは、小林先生だった。爽やかな笑顔で二軒目の提案をしてくるのは、若さゆえだろうか。

「いいわよ、明日は学校もお休みだしね」

彼は喜んで、近くのバーを探してくれた。「少し歩きますが」と言いながら連れられた先は、薄暗い照明で静かな空間のおしゃれなバーだった。

「まさか、教え子の小林くんが先生になるなんてね〜」

「先生みたいな教師になりたくて」

はにかみながら言うその顔が、かつて彼を教えていた頃に見せたそれとダブって見えた。大人になったようでも、変わらないところもあるものだ。

「本当に？」

「本当ですよ」

試すようにからかってみると、子どもの頃のように憤慨（ふんがい）するわけでもなく、ひたすらに真面目な面持ちでそう答えた。予想外の反応に少し目を丸くした女性は、その真剣さに礼を言う。

「嬉しいな、ありがとう」

今度は女性の方が照れてしまった。してやられたなと思いながら、何か彼をからかう材料がないだろうかと思案する。

「一年生の教え子のお母さんたちから、大層な人気を獲得してるって聞いたけど？」

「そんなことないですよ」

表情を隠すようにお酒をぐい、と飲んだ彼に、女性はにんまりする。彼は昔から女の子によくモテた。ラブレターをもらったり、バレンタインにはクラスのマドンナだった女の子からチョコをもらったりしていたのを思い出す。そのたびに彼はこうして少し照れたような困ったような顔をしていた。もっとも、そのどれにも応えることはなかったのだが。

「小林くんは昔からモテたもんね～」

「……好きな人には全然振り向いてもらえませんでしたけどね」

おや、好きな人がいたとは知らなんだ。彼は拗ねたような表情をして、女性をじとりと見る。

「そういえば小林くん、学校を卒業してからどこか引っ越したって聞いたけど」

「父親の仕事の都合だったんです。中学生の時に引っ越したんです。山も海もあって、すごく静かな場所で。きっと先生も気に入ると思いますよ」

「いいなあ」

「良ければ今度案内しますよ」

「ありがとう」

確かに彼には静かな町が似合う気がした。そんな町で佇む彼を見てみたい、なんて。女性は隣にいる小林くんの姿を思い浮かべ、その思考を振り払った。酔ってしまった、呑みすぎた気がする……。女性はバーカウンターのテーブルに伏せ、その冷たさを味わう。

「先生、好きです」

女性はうっすらとした意識の中で、小林先生の声を聞いた気がした。

激しい頭痛で、女性は覚醒(かくせい)した。今は何時だろう、と目をつぶったままベッドサイドにあるはずの時計を探す。だが横にあるのはひたすらに広いベッドの感触だけだ。おかしいな、そんなに端で眠ってしまっただろうか。そう思いながら反対側に手を伸ばし、生温かい感触にぞくりとする。

はっと目を覚まして左手の方向を見ると、男性の頭部が見えた。女性は頭を抱える。いい年をして、何をやっているのだ。そもそもここはどこだ。ホテルのようだが、自力で来た覚えはない。

女性はきれいに畳まれた服を身につけながら、眠る前のことをなんとか思い出そうとして、嫌な想像に頭を振る。最後に一緒にいたのは小林先生だ。そんなことはあってはならない。どうせ、ふらふら帰る途中にナンパ男にでも捕まったのだ。

そう思いながらも、男の正体を確かめねば気が済まず、身支度を整えた後、ベッドをぐるりと回り込む。どうか、どうか違っていてくれ。そう思いながら覗き込んだ顔は、やはり小林先生だった。あっと口から声が溢れそうになるのを抑えるも、意味をなさなかった。小林先生が、起きてしまった。

「酔っ払って迷惑をかけてごめんなさい。小林くん、このことは内緒で」

ぱちぱちと瞼を開閉する彼は、女性の言葉を聞くなり、がばりと起き上がった。

「嫌です！　僕は真剣ですよ。結婚してください」

女性は思いもよらない言葉にめまいがした。そしてこの空間には二人しかいないということを分かっていながらも、口の前に人差し指を立てて、

「しーっ、その話はまた今度！」

簡単に化粧を直し、同僚の先生たちからもらった誕生日プレゼントを持って急いで部屋を出た。

女性はホテルのエントランスをこそこそと歩く。ホテルを出る時も、右見て左見て、と子どもたちにいつも指導しているように確認し、さっと外へ出た。誰にも見られていないと良いのだが。

女性がそう思いながら早足で歩いていると、何やら後ろから走ってついてくるような音が聞こえる。ちらりと振り返ると、そこには女性がホテルに忘れた鞄を持って走る小林先生がいた。なんてことだ。自分のうっかりを悔いながら、女性は慌てて鞄を

受け取る。

小林先生と女性の帰り道は同じ進行方向であったが、女性の言葉を気にしてくれたのであろう。小林先生は周囲を気にしながらも、走って先に帰って行った。女性は祈った。どうか誰にもこの秘密を見られていませんように、と。

数日後。

女性が学校で普段通りに勤務していると、電話が鳴った。子どもたちも下校しているこの時間に珍しいなと思いながらも電話を取る。

「もしもし」

「先生辞めてください」

「えっ？」

「…………」

何を言われたかもよく分からないままに、電話が切れた。先生、辞めてください。子どもの悪戯電話だろうか。いや、だが声は子どものそれとは違った気がする。不気味なものを感じながら、それでも女性は気にせずその日の勤務をまっとうした。

またある日、女性が登校し職員室に行くと、困ったような顔をした同僚たちが三人で集まって何やら話していた。女性は先日の不気味な出来事を思い出しながら尋ねた。

「どうしたの」

「……いや、その、先生には少し言いにくいんですけど」

彼らが語ったのは、ここ数日の出来事だった。女性宛に「教師を辞めろ」「学校を辞めろ」などと匿名で電話やファックスが入るようになったというのだ。

「でも先生、気にしないでくださいね。先生は生徒からも慕われているし、私たち教員も頼りにしているんですから」

「そうですよ、辞められたら困ります」

「……みんな、ありがとう」

同僚たちはみなかばってくれたが、女性は何が原因でこんなことが起こっているのか、勘づいていた。あの夜の出来事が、誰かにバレたのだ。同僚たちは何が原因かは知らない様子だった。

「こんなにいい先生なのに、いったい何でしょうね」

その一言が、女性に重くのしかかった。かつての教え子と関係を持ってしまった。小林先生の方を見ると、パチリと目があった。心配そうな眼差しでこちらを見ていた。女性はいたたまれなくなって、足早に職員室を去った。

それから毎日のように匿名で、女性を非難する言葉が職員室中に蔓延（まんえん）した。電話をとって、何でもないよと苦笑いする同僚。おたよりを作ってコピーした時に混じった悪意ある文面。そんな嫌がらせが、ずっと続いた。

その話は教員中に知れ渡り、もちろん校長の耳にも入ったのだろう。女性は突然校長室へ呼び出された。何の話をされるかなど、分かりきっていた。

校長室へ入ると、校長が困ったような顔をしていた。黒い皮のふかふかのソファに座るよう促（うなが）され、目の前に湯気の立ったコーヒーが差し出される。女性はそれに手をつけることなく、校長の言葉を待った。

「先生、これからどうしたいですか？」

校長は、女性の意向を尋ねた。匿名の嫌がらせへの対応をする気はないと言われたようだった。それでも、女性の中にはひとつの区切りがあった。たとえ自分が誰かに嫌われ、けなされようとも、関係のない子どもたちを巻き込んではならない。その信念が、口をついて出た。

「今の六年生が卒業するまで……。それまでは、何とか頑張りたいです」

女性は涙ながらに決意表明をした。校長は、ハンカチで目を覆う女性に同情するような声で「じゃあ一緒に頑張りましょう」と告げた。彼の目にもまた少し、涙が見えた。彼には彼の立場と苦悩があるのだろうと、女性は思った。

だが、匿名での嫌がらせはなくなるどころか、どんどん悪化した。電話とファックスの回数は増え、学校の門前に「辞めろ」と書かれた紙を貼られることもあった。決定打となったのは、一月も半ばの肌寒い季節だった。女性の家の玄関に「教師を辞めろ」「お前に教師をやる資格はない」と書かれた紙が貼られていた。

女性はほどなくして学校へ行けなくなり、六年生の卒業を待つこともなく、自らその命を絶った。

白い世界に、女性は立っていた。案内人は、いつも通り女性にこれからのことを話した上で、最後に何か願いはあるかと尋ねた。

女性は唇を噛み、拳を握って考え込んだ後、覚悟を決めたようにこう言った。

「最後にもう一度、学校が見たいです」

「……分かりました」

案内人の差し出す手に、女性の震える手が重なった。二人は、白い世界から消えていった。

二人が現れたのは、学校の上空だった。生きていた時とは違う視点で見える学校が、女性には少し新鮮に感じられた。ぼうっと学校を眺めている女性に、案内人は問いかける。

「どうする？　学校の中も歩いて回る？」

「……いいえ、大丈夫です。ありがとうございます」


涙は出ていないが、泣き顔で答えた。

この学校が、最後の教え子のいる学校。

最後まで、見守ってあげられなくて……、色々と教えてあげられなくてごめんねと、何度も何度も心の中で謝った。

教え子にも、いつかは自分が死んだことが知らされるだろう。

保護者にも……。

でも、きっと、誰も女性を認めはしない。

案内人は冷静な態度を崩さないまま、再び女性に手を差し出した。


「では戻ります」

「……はい」

女性が再び手を取ると、世界は白く染まっていった。短い邂逅だった。

戻った後も、女性はぼうっとした態度のままだった。そんな彼女に、案内人は少し言いにくそうに話を切り出した。

「これは、あなたが知らなければならないことだけど」

と、白い世界に戻った案内人が女性に、本を見ながら話を切り出した。

「………………」

今さら、何を知らなければならないと言うのだろう。

見てきたものが、全てのことの終わりではないか。

自殺が、全ての結果だ。

そう思いながら女性は案内人の言葉に耳を傾けることとなる。

「小林先生は一生懸命あなたとの新しい赴任先を探してたわよ」

「…………」

案内人の言葉は、女性にとって衝撃だった。小林先生と二人で過ごしたあの日の言葉が、どこまで本気だったのか、女性は知らないままだった。しょせん幼い頃の憧れを重ねているだけだと思っていた。小林先生が、本気で女性のことを思っていたなんて……。

「それから……」

顔を歪める女性に、案内人はまたも言いにくそうに言葉を発する。女性はまだ何かあるのだろうかと案内人の顔色を窺う。

「あなたのお腹には、赤ちゃんがいたのよ」

女性は再び、顔を歪めた。自分だけでなく、子どもの命を殺してしまった。その事実に、女性はぎゅっと目をつぶる。大切に見守ってきた子どもたちの姿がよぎる。そんな中に、もう絶対に会うことの叶わない自分の子の姿が、あった。
女性はその場にうずくまり、必死に謝った。

「ごめんなさい……、ごめんなさい……！」

案内人は、自らの腹に向かって謝り続ける女性の姿をただ見守っていた。

女性が見ることのなかった学校の中には、多くの人々が集まっていた。彼女が受け持った生徒、卒業生、そしてその保護者たちが、彼女の死を悼んでいた。
小林先生は彼女の遺影を前に「どうして」と泣き崩れ、同僚たちがその姿を囲み、一緒に涙していた。

女性自身が思っていたよりずっと多くの人たちが、彼女の愛した学校で彼女を弔（とむら）った。

最期の母の願い　五十代　男性

　五十代の男性は白い世界の中、脇腹あたりに空いた服の穴をちらちらと気にしながら、佇（たたず）んでいた。

「次の人」

　男性の脳内に女性の声が響いた。なんや、と思って見上げると、そこには大きな本を抱えた女性が立っていた。案内人だと名乗る女性は台を出現させると、その大きな本を裏表紙が上になるように乗せた。男性はほほう、と感嘆（かんたん）の声をあげた。

「なんや、手品師みたいやなぁ」

そんな男性の言葉に全く耳を貸さない案内人は、問いかける。

「あなた、自殺したの？」

案内人のその問いかけに、男性は「はあ？」とため息混じりにじろりと案内人を見てこう言う。

「なんで俺がそんななんせなあかんのや」

あほらしい。そう言うかのように。

「そうよねぇ」

男性の憤慨（ふんがい）するような言葉を聞き流した案内人は、本のページを少しめくると、さらに言葉を続けた。

「あなた、生きるのを諦めたのね」

「あ、あぁ」

男性は、高利貸し業者の会社に勤めていた。いわゆるシャドーバンキング、影の銀行である。男性はいつものように取引先へと足を向けるところだった。

「木村製作所に行ってきます」

男性が声をかけた相手は、この会社の社長だ。若くしてここを経営する彼は、事務所の中で一際存在感を放つブラウンのデスクに両肘をつき、細いタバコを持ちながら男性に忠告する。

「木村製作所は他の……荒っぽい業者からも借りているようなので、若いのを連れて行ってください」

社長の言葉を皮切りに、ソファで携帯電話をいじっていた若い社員二人が立ち上がる。男性がそれを制するように手をやると、察したように二人はソファに逆戻りした。

「一人で大丈夫ですわ」

男性の言葉に、社長は肯定も否定もしなかった。若い社員は再び携帯電話に夢中になっている。男性は「行ってきます」とだけ声をかけて事務所を出ると、ジャケットの内ポケットを確認した。

木村製作所に着くと、男性は建物の一階と二階のどちらに彼がいるだろうかと思案した。一階は工場、二階は事務所だが一階のシャッターは下りている。最近は仕事もなくシャッターが下りている日が多かった。

「二階やな」

男性は鉄製の階段を、カンカンカンカンと軽快に上へ登り、同じく鉄製の扉を叩く。しかし、何の反応もなかった。

「いてるか？」

男性が鉄製の扉を開けると誰もいなかった。奥の休憩室も覗いたが誰もいないようだ。

そう言えば、最近は下にいることも増えていたな。

人を雇う余裕もないとかで。

男性はそれを思い出すと「やっぱり下やったか」と、独り言を言いながら鉄製の階段を「カンカンカンカン」と少し軽快に降りて、シャッターの隣の鉄製の扉を開けた。

「な……………っ！」

木村製作所の社長が、首を吊っている。苦悶の表情を浮かべている彼に、男性は顔をしかめた。仕事で金を貸していた相手だったが、彼とは気が合った。取り立てるついでに、いらん話もよくした間柄だった。

「遅かったか」

男性はジャケットの内ポケットから、木村製作所宛の仕事の依頼書が入った封筒を取り出すと、遺書の隣に工場の部品を同じように重しにして並べて置いた。

あと一歩早ければ、死なずに済んだかもしれない。そう思うとやりきれない気持ちになるが、この業界ではよくあることだ。男性はそう思いながら、遺体に向かって手を合わせた。

「お父さん……？」

男性が静かに手を合わせていると、彼の息子が帰ってきたらしい。確か高校生だと話していただろうか。男性を押しのけるようにして自らの父親のそばに駆け寄った彼は、きょろきょろとあたりを見回して、ホイストクレーンを下げるため、そのスイッチのもとへ走った。

静かな空間の中に、機械音だけが鳴り響く。充分下がったのを確認した彼は、すぐさま父親に駆け寄った。

「お父さん！　お父さん！　……くそっ！」

男性と違い、まだ助かる余地があると信じたかったのだろう。父親の息がもうないのを知ると、息子は泣いた。まるで小さな子どものように、ええんと声を上げながら、泣いていた。彼は泣きながらも男性の方を振り返り、一度キッと強く睨みつけた。お前のせいだぞ、と言いたいのだろう。

男性は、もうこれ以上ここにとどまるわけにはいかないと思った。最後に友人の顔を見返して、男性は工場の外へ出た。男性はその日、事務所に帰らなかった。

「なんやテメェ」

「ぐっ！　くそっ！　何しやがる！」

男性は悪質な取り立て業者へひとり乗り込んだ。これが彼にできる、唯一の弔い合戦だった。多勢に無勢、男性には不利であったが、それでもよかった。男性はひとしきり暴れた後、その場を去った。

それから数日後のこと。男性は、暗い夜道を歩いていた。つい先ほどまで仕事をしていたのだ。先日のひと暴れのせいで顔にあざやら何やらができたおかげか、少し面倒な客も縮み上がって金を返した。社長はそんな男性の顔を見て怪訝な顔をしたが、文句は言わなかった。

ただ、少し口の横の絆創膏が気になる。顔を動かすたびに違和感を覚えるのだ。そんなことを考えながら歩いていると、後ろに誰かの気配を感じた。

「ほー、一人でこないだの仕返しに来たか」

先日の悪徳業者の輩だろう。ひとりで来るとは大した度胸だ。男性は人気（ひとけ）のない鉄屑買取業者の敷地に誘い込もうとした。しかし相手は背を低くして、思い切りこちらに向かってきた。ドン、と衝撃を感じた後、脇腹が痛み始めた。

ナイフが腹に刺さっていた。横を通り過ぎていった者の顔を拝もうとして振り返ると、それは木村製作所の社長の息子だった。彼は顔を見られたことで焦ったのだろうか。こちらの様子を窺（うかが）うことなく、走り去っていった。

男性は、血が溢れ出すのも厭わずに静かにナイフを腹から抜き取り、積み上げられた鉄屑の上に投げ捨てた。大きな動脈にでも当たったのだろうか、どばどばと血液が流れ、痛む腹を押さえながら、どこか休める場所がないかとあたりを探した。目についたのは、鉄屑を積んだトラックごと重量が計れる大きな鉄板の秤だった。男性はそこに向かってゆっくりと歩き、その上で胡座をかいた。前傾姿勢になると、少し痛みが和らぐ気がした。

男性はガラケーを懐から取り出した。

「…………」

折りたたみ式のそれを一度開いて、「119」と押そうとしたが閉じた。男性は、ガラケーを投げ捨て、今度は鉄板の秤の上で仰向けになった。夜空がきれいだった。とめどなく溢れた血液で手がべっとりと濡れる。どくどく、と心臓の音に合わせて、どんどん自分の中から血が抜かれていくのを感じた。

薄れゆく意識の中で、男性は自身の幼少期を思い出していた。

十二歳の時、両親が離婚した。その理由は聞かされなかったが、今までとは生活が大きく変わることだけは幼心に分かっていた。

当時住んでいた家は、平屋の大きな家だった。立派な日本庭園がある門の前で、当時八歳の弟と一緒に泣いていたのをよく覚えている。男性と弟は父親に、二歳の妹は母親についていくことになっていた。娘を抱えた母が「お兄ちゃん、ごめんね」と泣いていた。そうして、男性は父に連れられ、弟とともに我が家を後にしたのだ。

男三人での新生活は、大阪で始まった。見慣れぬ土地に愛着が湧く間もなく、新しい母親ができた。そんな生活も五年ほど続いたが、ある日父親が亡くなった。

その後しばらくは血のつながらない優しい母親と暮らしたが、心労が祟（たた）ったのだろう、父親を追いかけるようにその母親も病で亡くなった。

その後、男性は高校を卒業して働き始めた。色々な仕事をやった。弟のため、懸命に働いた。そうして兄弟二人で何とか生活をして、やがて弟も働くようになるとそれぞれ独立して、各々生きた……。

「これから地獄へと案内しますが、その前に何か望みがあれば叶えますよ」

案内人がいつものように告げると、男性は腕を組みううん、と考え込んだ。

「……望みかあ。そうは言われても難しいなあ」

「会いたい人がいれば、会いに行くこともできますが」

「子供の頃に別れた母親に会いたいな、会って謝りたい」

「話しかけることはできませんよ」

「ええよ」

案内人は厚み十二センチほどの大きな本を出現させると、最後のページを開いた。

そして、男性の近くまで降りてきた。

「急ぎますよ」

案内人は何やら焦った様子で男性の手を掴む。男性は、自分が考えすぎたせいだろうかと思いながらも彼女の手を握り返す。そうすると、案内人は男性に「はぐれないようにね」と声をかけた。子ども扱いされているような心地になり、むず痒い思いをしながらも、男性は頷く。

二人は、白い世界から消えて行く……。

平屋の大きな家の立派な庭に、案内人と男性は現れた。ここは、と男性が懐かしむよりも先に、目の前の光景に驚いた。家の中では男性の母親が布団で眠っていたのだ。

「おかん……」

男性の母親の周りには、医師と思われる白衣を着た老爺と四十代くらいの女性が座っていた。彼女は、と問う前に案内人が口を開く。

「彼女はあなたの妹さんよ」

「ほー、えらいべっぴんさんになったなぁ」

男性がそんな感想を述べている間に、彼の妹は「お母さん」と泣きながら布団に顔を埋めた。男性は、目の前で起こったことをすぐさま悟った。

「今、あなたのお母さんは亡くなったわ」

男性は案内人に感謝した。おそらくこのことを見越して「急げ」と言ったのだろう。

男性は母の近くにゆっくりと近づいてゆき、膝をついて手を合わせた。男性の中には色々な思いがあった。十二歳まであったが、時に優しく、時に厳しく育ててくれた実の母親。泣きながらもしっかりやるのよ、と送り出してくれた母親。その姿を脳裏に浮かべる。

かんにんな、おかん。全然顔を出されへんで。

かんにんな、おかん。ようさん勉強しろ言うとったのに全然勉強なんかせんで。

かんにんな、おかん。生きるのを諦めて、先に死んでもうて。死んだ後におかんの死に目に立ち会うて。

男性は、母の遺体に向かって一生懸命謝った。長いこと、そうしていた。しばらくすると、誰かが男性の頭を叩いた。誰や、こない大事な時に。そう思って男性が振り返ると、案内人のそばに、もう一人の女性が立って耳打ちしていた。そして、男性の真後ろには今し方亡くなったばかりの母親の姿があった。

男性の母親は無言のまま頭を下げると、彼女もまた「案内人」なのだろう、もう一人の女性に手を取られ、地上から消えていった。

「あなたのお母さん、天国へ行く前の最後の願いは『息子の頭を叩きたかった』ですって」

「…………」

複雑な気持ちで無言を貫く男性に、案内人は言葉を続ける。

「あなたの妹さん、臓器移植をしないと助からない病気なんですって」

「じゃあもしかしたら、俺の臓器を移植できたんか？」

「…………」

男性は悔いた。何故あの時、諦めてしまったのかと。このことを知っていたなら、あの時ガラケーを投げ捨てることなどしなかった。どうして死んでから、重大なことを知らねばならなかったのか。男性は、眉間に皺をぎゅっと寄せ、案内人に乞い願う。

「なあ、何とかならんか？」

「……そろそろ行きますよ」

案内人は男性の問いには答えない。ただ、その手を差し出すだけだ。男性は自嘲した。そうだ。己は死んで、これから地獄行きなのだ。男性は観念して、差し出された女性の小さな手を取った。

「かんにんなあ」

二人は消えてゆく。男性の謝罪の言葉を残して。

「お邪魔します」

生活感のない部屋に無遠慮に侵入したのは、男性の弟だった。兄が死んだと知らされて、遺品整理に来たのだ。

「へぇ、兄ちゃんち、久しぶりに来たわ」

男性の弟はぐるりと部屋を見回した。かつては、ここで一緒に酒を呑んだりしたものだ。もっと遡れば、一緒にゲームをしたりもした。兄が死んだと思うと、幼い頃の記憶までもが蘇る。

奥の和室に入った時、とん、と何かが落ちる音がした。押入れの中から聞こえてきたようだった。少し建て付けの悪い襖を何とか開けると、中からゴロリと四角いものが落ちてきた。

「ん？　アルバム？」

兄ちゃん、こんなもん持ってたんや。意外に思いながらも、アルバムを開く。小さな頃の、自分の物心のつく前の写真もたくさん入っていた。その中にひとつ、思い出深い写真があった。昔、実母と別れた際に撮った最後の写真だ。子どもたちは皆泣きべそをかいている。

「懐かしいなぁ」

その中でも、母に抱かれた小さな妹の姿が目についた。もうずっと会っていない肉親だ。残された、唯一の肉親。元気にしているだろうか。

「久しぶりに連絡を取って会いに行こかな」

男性の弟はそう呟くと、早速、携帯電話を取り出した。

「もしもし……」

揃えられていた靴　六十代　男性

「お父さん、こっちですよ」

妻が、男性の手を可愛らしい笑顔で引っ張る。結婚してもう四十年。歳は二人とも六十を超えたが、惚れた弱みか、妻の笑顔にはかなわない。妻に手を引かれるがまま歩いていく。

神社に来るなんて、何年振りだろうか。いや、正月には来ていたような……。

男性の記憶によると、あまり神社に来たことがないらしい。

今までは町内の祭りや正月くらいしか接点がなかった。

でも、これからはこれまでと違って、もう少し神社に行く頻度(ひんど)が高くなることだろう。

何故なら、妻との新しい趣味ができたからだ。

妻に連れられた先は手水舎の前だ。が、やり方が分からない。神社へ来てこんなことを考えるのも無粋だが、男性は信心深い性質ではない。妻がやるのを先に見て、それから真似してみようと思ったが、どうやらその思惑は見透かされたらしい。

「知らないなら、そう言ってくれたらいいのに」

後ろに誰もいないのを確認して、妻は手水の手順を説明する。なになに、右手に柄杓を持って水を汲んで左手を流してから……。男性には一度では覚えられないと思ったが、妻の言葉に従い、同じようにした。

「はい、ハンカチ」

「ありがとう」

何から何まで妻にはかなわない。ありがたくハンカチを借りて手を拭きながら、参道へ向かう。二人がご神前へ進む階段に辿りついた時、男性は妻の異変に気がついた。

「おい、大丈夫か？」

「ううん、最近ちょっと調子が良くない時があるのよ」

男性は息切れをしている妻の手を取り、階段をゆっくりと上る。調子の良いものだと我ながら思うが、妻のこの様子を見ては神に祈りたくもなる。

「体調が良くなるように、お参りするよ」

「ありがとう」

相変わらず可愛らしい笑顔を向けてくる妻に、微笑み返す。妻の体調が良くなりますように。参拝を終えると、今度は御朱印帳を買いに行きたいと妻が言う。

「これ、可愛いわね」

妻は桜が舞っているデザインのご朱印帳を掲げて見せる。男性は迷わずそれを買った。

「まあ、あなたのなのに良かったの？」

「御朱印をもらいに行く時は一緒なんだから」

「ふふ、ありがとう」

その後、二人は御朱印をいただいて、帰路についた。

帰りの電車の中、向かい合わせにボックスシートの座席に座る。妻は早速御朱印帳を開いて見ている。妻の御朱印帳はいつか男性と御朱印を一緒にいただけるように最初のページは空けてとってあった。

男性の視線に気づいた妻は嬉しそうに言葉を紡ぐ。


「だって初めて一緒の趣味を持てたんですもの」

「……じゃあ今度は泊まりで行くか？」

「ううん、今住んでいるあたりにも、行きたい神社がたくさんあるから、まずはそこから行きたいわ」


妻は笑顔でそう言った。だが、その裏にはおそらく遠慮もあるのだろう。男性は一代で会社を立ち上げこれまで働いてきたが、不況の影響で倒産してしまったのだ。そんなわけで、現在は土地や家屋を売り、娘が住んでいるところの近くにあるアパートで細々と暮らしていた。

色々あったが、男性には今の生活に何ら不満はなかったし、むしろ肩の荷が下りたようにも感じる。

これからは妻と二人、もっと楽しい時間を作ろうとそう心に決めていた。

今まで苦労をさせてばかりだったから、今度は……。


それからしばらくの間、二人は幸せな日々を過ごしていた。

とても楽しくて、本当に今が幸せだとそう思える日々だった。

妻の得意の手料理を二人で食べたり、神社巡りをして御朱印を集めたりした。

確かに、妻は体力が少しないような気もしたが、そこは男性がサポートをすることで乗り越えられた。

そんな男性に、妻はいつも「ありがとう」と可愛らしい笑みを向けていたのだった。


だが、そんな平和な日々は妻の突然の病によってあっけなく崩れ去ることになった。

二人で神社で健康祈願をした数ヶ月後、妻は脳梗塞を患った。妻のかかりつけの医師が言うには元々心房細動があったということで、その影響で血栓が脳の血管に詰まったらしい。しかも悪いことに、複数箇所で起こったせいで、妻は寝たきりになった。問題は後遺症だった。麻痺と失語症が、男性の妻を襲った。

妻は麻痺で動けなくなり、男性は妻の介護だけでなく家事の全ても担(にな)うことになった。今まで妻がやってくれていたことは、多かった。食事を作る、掃除をする、洗濯をする、ゴミを捨てる。男性は今まで自分は家事を手伝っている方だと自負してきたが、いざ自分で全てを担(にな)ってみると、手伝ってきたつもりが、それはほんのわずかだったことを痛感した。妻は、いつも男性を支えてくれていた。

男性は意気込んだ。今まで妻に支えられてきた分、今度は自分が妻を支える番なのだと。

「なあ、今日は晴れてるぞ。散歩日和だな」

「…………」

だが、そんな男性の心の支えであるはずの妻とは、うまくコミュニケーションも取れなくなった。話しかけても、まともな返事がないのだ。こちらの話が分かっているのかいないのか、それすらも分からない。

男性の妻は小柄であるとはいえ、寝たきりの介護は大変だ。寝返りすら自分で打てない妻のため、時々体の向きを変えてやった。右手でスプーンを持つことすらままならない妻のため、男性は飲み込みやすい食事を調べて作り、妻に甲斐甲斐しく食べさせた。毎日身体も拭いてやった。自力でトイレに行くこともできない妻のため、ドラッグストアでオムツを買って、やったこともないオムツ交換をした。男性には、これが一番堪（こた）えた。娘のオムツ交換すらしたことがなかった男性には、耐え難い行為だった。

ひとつひとつ、妻ができなくなったことを数えるたび、男性は苦悩した。こんな生活がいつまで続くのだろう。……妻の笑顔は、いつになったら見ることができるのだろう。

男性は、孤独だった。部屋で妻と二人でいるのに、ひとりぼっちのような心地だった。男性は、介護ベッドで仰向けに寝て天井を見つめるばかりの妻を見やった。一緒に御朱印を貰いに行った日の笑顔は、そこにはもうなかった。男性は、すっかり疲弊していた。

「……お母さん、薬の時間だよ」

男性はいつものように、妻に薬を飲ませた。いつもと違うのは、その中身だ。男性は妻の口に薬が入ったのを確認すると、自らも大量の薬をアルコールで喉に流し込んだ。

――ごめんな。

その言葉が男性の口から出ることはなかった。男性は、妻が寝ているベッドの上に覆い被さるようにして倒れ、息を引き取った。男性の妻は変わらず、天井を見つめたままでいた。

男性は、白い世界の中にいた。ここはどこだ。きょろきょろとあたりを見回す。死後の世界というものなのだろうか。男性はうなだれた。妻が隣にいないということは、自分だけ地獄行きで、妻は天国へと旅立つということなのだろう。当然だ。自分の身勝手で妻を殺し、自分も命を絶ったのだから。

「次の人」

男性の頭の中に、女性の声が響いた。驚いて顔を上げると、案内人だと名乗る女性が立っていた。案内人と名乗るからには妻の行方を知っているに違いない。そう断じて男性は案内人に詰め寄った。

「妻は？　妻の幸子はどこにいるんだ？」

男性の必死な問いかけに、案内人は特に動じる様子もなく、分厚い本の最後のページを開いて視線を動かした。

「無理心中？　……酷いことをするわね」

そんなことは、言われなくとも分かっている。男性は拳を握った。案内人は本を台の上に置くと、もう一冊同じくらいの厚みの本を取り出した。あれは妻のことが書いてある本なのだろうか、そう男性が思っている間に案内人はページを開く。

「あら、あなたの奥さん、生きているわよ」

「な、なんで……」

男性に衝撃が走った。なんということだ。確かに薬を飲ませたはずだ。なのに、一緒に死ぬことができなかったというのか。妻を一人置いて、自分だけ死んでしまったのか。では妻は？　妻はこれからどうなる。

男性は、あまりの衝撃に両手を震わせながら案内人に問うた。案内人は、やはり表情を変えなかった。

「地獄へ行く前に望みを一つ叶えることができるのだけれど、奥さんに会いに行く？」

男性は案内人の提案に、こくりと頷いた。

男性のアパートに、二人は現れた。ベッドに覆い被さるようにして亡くなっている自分の姿に男性が驚くと同時に、もうひとつの衝撃が走る。妻の幸子が、ベッドの上にいないのだ。男性は驚いてベッドの近くに駆け寄ると、枕元がかすかに濡れており、溶けかけた薬のようなものも落ちていた。

——妻は薬を吐いたのだ。

では、妻はいったいどこへ？　男性がきょろきょろと首を回していると、動けないはずの妻が、台所から現れた。よたよたと、足を引きずるようにしながらも、壁づたいに必死に歩いている。男性は驚愕(きょうがく)した。

——何故、幸子が歩いているんだ。

男性は妻を心配してそばに駆け寄った。妻の背を支えようとするが、手がするりと妻の身体をすり抜ける。そんな現実を思い知らされながらも、男性は妻の歩行を見守った。

「い……え……」

妻は何か言葉を発した。だがやはり、それは意味をなさない言葉だった。男性は妻を不憫に思った。

「い……て……」

妻はまた、一歩を踏み出す。気の遠くなるほどゆっくりと、しかし着実に前へ進んでいる。

「見……て……」

妻はベッドの方へ歩いた。その足の運びは、力強かった。男性に向かって、妻が「見て」と言ったのだと、そこでようやく悟った。男性の遺体は、ぴくりとも動かない。

「あなたの奥さん、娘さんとリハビリを頑張っていたようね」

案内人の言葉に、男性は頭をがつんと殴られたような心地になった。どうして。妻は寝たきりのはずで、何もできなくなっていたのに。リハビリを頑張っただって?

「…………」

「あなたを驚かせようとしていたみたいね」

妻は、もうベッドに到着するほどまでに歩いた。男性は、自分はもう支えられない身体であることを忘れて、妻の身体を受け止めようと腕を差し伸べた。妻は男性の身体を通り抜けて、力尽きるようにベッドへと倒れ込んだ。ふと振り返ると、妻が男性の遺体の手に触れていた。

「気がつかなかった?」

「………」

「出かける時に、靴の向きが変わっていたでしょう」

「あ……」

それはいつも妻に言われていたことだった。「お父さん、ちゃんと靴を揃えて脱ぐのよ」と帰ってくるたびにそう言って、それでも嫌がらずに男性の靴をきちんと揃えてくれていた。そんな思い出が蘇る。確かに、妻が脳梗塞で倒れた後も、自分は靴など揃えていなかった。いや、初めこそそのままだったが、いつの間にか揃うようになってはいなかっただろうか。

「あなたが寝ている間にベッドから出て、まだ歩けないからと這って玄関に行って靴を揃えていたみたいね」

　ああ、なんということなのだ。男性は、死んでいるにもかかわらず、自分の目から涙が溢れる感覚がした。妻は、幸子は、諦めてなどいなかったのだ。変わってしまった妻の姿を受け入れられず、自分ばかりが苦しいと決め込んで、妻の苦しみに寄り添えていなかった。妻はこうして頑張っていた。それなのに、自分は妻を殺そうとした。あげく、妻を置き去りにして自分だけが死んでしまった。

　慟哭（どうこく）する男性に向かって、案内人が追い討ちのような言葉を放った。案内人は、本の最後のページを見ているようだった。

「……奥さん、ガスのホースを切ったみたいよ」

「ガ、ガス？　そ、そんな。せっかく、せっかくこうして幸子は頑張ったのに、どうして……。いや、何とかならないのか。なあ、頼むよ。お願いだ、何とか妻を、幸子を助けてくれ」

「そう言われても……」

「頼む、頼むよ……」

男性は案内人にすがるようにして、その場に崩れ落ちた。分かっている、自分がすべて台無しにしてしまったのだ。一番辛いはずの妻より先に諦めて、妻を絶望させてしまった。

「幸子！　幸子！」

「…………」

「お願いします。どうか、どうか……」

「どうなるか分からないけれど……」

男性の懇願（こんがん）に、案内人は男性の娘の本を取り出して、男性の名前とその妻の名前を書き込んだ。

案内人は泣き崩れる男性の手を取る。

「これで娘さんが何か行動を起こせばいいですけど……。さあ、行きますよ」

「幸子……。すまない、すまなかった……」

男性は潤んだ視界の中、自分の遺体の上に倒れ込んだ妻の姿を懸命に見つめる。どうか、妻だけは。

ほどなくして男性と案内人は、そこから消えた。

近くに住んでいる娘が、虫の知らせがあったのだろうか、合鍵で男性のアパートのドアを開けた。

「お父さん、お母さん、いる?」

クリーム色の小さな箱　七十代　男性

白い世界の中、七十代と思われるパジャマ姿の男性が俯（うつむ）いて立っている。男性は案内人を名乗る声に一度顔を上げ、目を細めてその姿を確認したが、再び視線を下にやった。

案内人を名乗る女性は、厚さ十五センチほどの分厚い大きな本を片腕いっぱいに持ちにくそうに抱えていた。案内人は男性に声をかける。

「次の人」

「珍しいわね、あなたのような年配の方が自殺をするなんて」

「…………」

「これからあなたを地獄へ連れて行きますが、その前に何か望みがあれば聞きますよ」

案内人は普段と同じように台を出現させると、その上に大きな本を置いた。そしていつもと同じように裏表紙から開き、手を止めた。

「亡くなった女房に会えますか」

「亡くなった方には会えません」

「……ではこれを渡してもらえますか」

男性は手に握っていたものを、案内人に差し出した。それはクリーム色の小さな箱だが、おそらく元はきれいな白色で、時間の経過とともに少し黄ばんでクリーム色になったようだ。案内人は男性の近くまで降りてくると、男性の手に乗せられた小さなクリーム色の箱を受け取った。男性は、顔を上げて案内人の顔を見た。

「あっ……、ああっ……。うっ、う……っ」

案内人は男性の手を取り、静かに白い世界から二人は消えていった。

案内人はひとり、白い世界へ戻ってきた。台の上に置いた先ほどの男性の本を、後ろのページから、過去を遡(さかのぼ)るようにゆっくりと、ゆっくりとめくってゆく。そしてふと、案内人の手が止まった。

病院の一室、男性がベッドに横たわっている。それを取り囲むようにしているのは、白衣を着た医師と二人の看護師、そして三十六歳の長男と、二十八歳の次男である。

「昨日の夜から呼吸や脈が徐々に落ちてきていて、……もういつ亡くなってもおかしくない状況です」

医師の言葉に、二人の息子が動じることはなかった。

元々、息子たちが交互に実家に帰っては男性の介護をしていた。しかし男性は徐々に食事も摂れなくなり、ものを飲み込む能力も落ちていたのであろう、肺炎にかかってしまったのだ。そのために入院をしたのだが、入院してからももう長い。男性は寝たきりになって、意思疎通もほぼできないような状態であった。

「お父さん」

長男が眠っている男性に声をかける。返事がないのを気にせずに、長男は話を続けた。

「この間、実家に帰って掃除をしていたらね、これが出てきたんだ」

長男は肩からかけていた黒い鞄の中から、クリーム色の小さな箱を取り出した。

そしてサイドテーブルの上の、男性のメガネの隣にそれを置いた。

「なあ、覚えてるか？」

長男は隣に佇（たたず）む次男に語りかける。次男にはそのクリーム色の箱が何か、見当もつかない様子であった。

「ん？」

「お前はまだ小さかったから覚えていないかもしれないけど。……二十年前のあの日……」

案内人はそこまで読み終えると、今度は男性の長男の本を出現させた。後ろからどんどんページを捲ってゆき、二十年前まで遡ると、案内人は手を止めた。

二十年前。

「たらいまー」

呂律の回らない帰宅の挨拶をしたのは、男性だった。男性は足元もおぼつかなく、靴も半脱げのまま玄関に座り込んだ。ひっく、ひっくとしゃっくりを繰り返す男性は、明らかに酔っ払っている。

「おかえりなさい」

と玄関に現れたのは案内人だった。

案内人は男性の妻、そして兄弟の母親だったのだ。

案内人は、甲斐甲斐しく男性の靴を脱がせ、リビングまで肩を貸す。この一家では、すっかり当たり前の光景だった。

「まったく、飲めないのに飲まされて」

呆れるように話す案内人の言葉を聞いているのかいないのか、男性はリビングに辿りつくなりジャケットをソファの背に投げ捨て、自身もそこへどかりと座り込んだ。ふう、と長いため息をついて、男性はくたびれたと言わんばかりに頭をソファに預ける。

「はい、お水」

「ありがとう」

ネクタイを緩める男性に、案内人は水を差し出す。男性はそれをぐいとひと思いに飲み干すと、「ぷはぁ」と豪快に息をついた。いやあ今日も疲れたよ、と言う男性の言葉に相槌を打ちながら、案内人はジャケットをハンガーにかけた。仕事終わりに男性がこうなるのは、今に始まったことではない。飽きもせず男性の話をひとしきり聞いて、妻は問う。


「明日はどう？」

「ああ、そのことなんだけど。アルバイトの子が急用ができたとかで休むんだよ」

「そう、じゃあ明日はお手伝いに行けばいいのね？」

「ありがとう、頼むよ」


自宅へ帰るのに力を使い果たした男性は、ソファに横になり、そのまま眠ろうとしている。そんな男性に案内人は苦言を呈し、揺り起こす。

「明日も仕事なんだから、ちゃんとベッドで休まないと……」
「ううん……」
「ほら、頑張って」
「ありがとう」

男性はまたも妻の肩を借りながら、ふらふらとした足取りで、ゆっくりと階段を上っていった。

そんな男性の姿は日常茶飯事で、当時十六歳だった長男にとってもすっかり見慣れたものだった。男性の世話が終わると、今度は母親として「早く寝なさい」と言われることが分かっていた長男は、階段の上に消えてゆく両親の姿を見守って、自身も寝室にこもった。

その翌日は、父こそ仕事であったが、世間は休日であった。兄弟二人は仲良くテレビゲームに熱中していた。そんな二人を見守りながら家事にいそしむ母親の姿を横目に、長男はあることを思い出した。そういえば。

「お母さん、結婚記念日おめでとう」

「おめでとうー」

洗濯物を取り込んで畳み終えた案内人に、長男が声をかける。すると次男も真似をするように祝いの言葉を発する。案内人は、まさか息子が結婚記念日を覚えているとは思っていなかったのだろう。少し驚いた顔をして、それから「ありがとう」と言った。ゲームもちょうどキリの良いところだったので、兄弟二人はゲームを中断して、ソファに座った案内人との会話に集中した。

「お父さん、昨日結構お酒飲んでたね」

「飲めないのにねー」

長男は会話のきっかけに、昨晩の父親の様子を思い出した。そんな長男に便乗するように、次男は「お酒を飲む」ことを良く分かっていないながらも同意する。そんな二人に思わず母親は笑った。

「そうそう、飲めないのにね」

案内人が笑う姿に気をよくした二人は「お父さん、足がもつれてたね」とか「お父さん、今日も酔っ払ってくるんじゃない」とか父親の醜態（しゅうたい）をダシに母親の笑いをとった。口うるさいところもあるが、二人にとって大好きな母親なのだ。続けて話をしていると、不意に案内人が思い出したように今日の予定を話し出す。

「大変だったよ、もう。……あ、そうそう。お母さん、今日はお父さんのお店の手伝いに行くかもしれないから、その時はお留守番お願いね」

「はーい」

兄弟は元気よく返事をする。

そんな会話をしている折、リーンと固定電話が鳴った。おそらく父親から「手伝いに来てくれ」という連絡が入ったのだろう。

「はい、はーい」

母親が固定電話に返事をして、ぱたぱたと駆け寄り受話器を取る。長男の予想は的中したようで、電話越しに会話をする母親の声のトーンは変に高くなることもなく通常通りであった。

「はい、はい。はーい」

がちゃんと受話器を置く音が鳴る。案内人はこちらを振り返り「お父さんからだった」と報告した。長男は、やっぱりな、と思いながら「いってらっしゃい」と案内人に声をかける。次男も真似をして「いってらっしゃい」と言ったのを確認して、案内人は返事をする。

「行ってくるね。お留守番、よろしくね」

案内人は念押しすると、普段より心なしか上機嫌な面持ちで玄関へと向かった。案内人が部屋を出て、玄関扉が閉まった音を確認した後、コントローラーを置いた次男はソファに座った。そして当の本人はいないのに内緒話のつもりなのだろう、弟は兄に向かって小さな声で話しかけた。

「お母さん、こんなところに手を入れて嬉しそうにしてたね」

弟はソファの背もたれの隙間に手を入れて、それを取り出そうとする。それの存在には、二人とも気がついていた。両親ともいない隙に、それを見てしまおうか。そう邪心がよぎったその時だった、玄関扉が開いた音が響いた。続けて「いっけない、鍵忘れちゃった！」という案内人の声がする。

弟はその音に驚いて、触れていたそれをソファの奥へと押し込んでしまった。何事もなかったふうを装って、二人して「どうしたの」とわざとらしく聞こえなかったフリを決め込んで、難を逃れた。

「ごめんごめん、自転車の鍵忘れちゃったのよ。じゃあもう行かないといけないから。仲良くしてるのよ！　行ってきます！」

慌てた案内人が、それでも子どもたちに注意することは忘れずに、今度はきちんと自転車の鍵を持って家を出てゆく。そんな案内人を、二人は目配せしながらぎこちなく送り出す。

「行ってらっしゃい」

それが、兄弟と案内人との最後の会話だった。

案内人は、夫が待つ店へ自転車を走らせているところを、トラックにはねられたのだ。トラックの運転手は居眠り運転をしていたそうだ。ヘルメットを被ることも義務化されていない時代に、それも大型トラックにはねられたとあっては、無事でいられるわけがなかった。そうして案内人は、亡くなった。

それから兄弟二人は父親と三人暮らしになった。時々父の家業を手伝いながら、支え合って生きてきた。妻を亡くして悲しいはずの父親は、気丈に振る舞い、息子たちを育て上げた。心労が祟ったのだろうか、六十代後半で一気に父親は老け込んでしまった。そんな父親を見かねて次男が店を継ぎ、今度は自分たちが支える番だと懸命に父の介護をした。

案内人はそこまで読み終えると、再び男性の大きな本の、後ろから数ページを見直した。

男性が亡くなる前日のこと。夜勤の看護師は男性の呼吸器がきちんと作動しているのを確認し、ふと、サイドテーブルのメガネの隣に見慣れぬクリーム色の小さい箱があるのを確認した。そういえば、と日勤の看護師たちから聞いていた「素敵な話」を思い出す。

「息子さんたちが持ってきてくれたんですね」

看護師は男性の返答がないのを分かっていながらも、ごく小さな声でそう言った。シュー、シューと機械的な音だけが流れるこの部屋が妙に寂しい感じがして、看護師

著者プロフィール

S.W.R.（エス・ダブリュ・アール）
愛知県出身、在住

LAST END

2025年3月15日　初版第1刷発行

著　者　S.W.R.
発行者　瓜谷 綱延
発行所　株式会社文芸社
〒160-0022　東京都新宿区新宿1－10－1
電話　03-5369-3060（代表）
03-5369-2299（販売）

印刷所　株式会社エーヴィスシステムズ

ISBN978-4-286-26328-1